學生神探森仔

2 暗號人的加密信

那須 正幹 / 著　秦 好史郎 / 繪

新雅文化事業有限公司
www.sunya.com.hk

神秘的暗號信

雖然說六月是梅雨季節，可是今年的六月還沒下過雨。今天的天氣也非常好。

森仔下課回到家，發現媽媽正在玄關準備外出。

「我要出去買點東西，你幫我看一下家，茶點在雪櫃裏。」媽媽說完立即就出門了。

森仔打開雪櫃，拿出一杯蜜瓜雪葩，就坐在廚房的桌子前吃了起來。

吃過雪芭後，森仔從書包裏拿出了數學工作紙，開始做起功課。今天的功課，就只有這一張補充練習，不到二十分鐘就完成了。

完成功課後，森仔百無聊賴，打開電視看看，沒有好看的電視節目。最後，他只能躺在客廳的沙發上，望着天花板發呆。

突然，門鈴響了。是朋友來玩嗎？

「請問是哪一位？」森仔對着家中的通話機問，可是對方沒有回答。

森仔打開門卻發現一個人也沒有。

玄關的地板上，多了一個白色的東西。

森仔拾起來，原來是

一個信封。信封正面用鉛筆寫着「神探森仔收」，封底寫着「暗號人」。

是按門鈴的人放在這裏的吧？

森仔的真名，其實是井上森木，他是青葉小學二年級的學生。他自小擅於推理，解開過很多難題和謎團，所以朋友們都叫他「神探森仔」。

也就是說，這封信是寫給森仔的。不過，森仔可沒聽說過「暗號人」這個名字，這大概也是個外號吧。

森仔拆開信封，發現裏面放着一張摺起來的信紙。打開那張紙一看，上面用鉛筆寫着：

雖然信中的內容令人茫然不解，但這應該就是暗號吧。

森仔拿着信回到廚房後，把信放在枱上，再次仔細地閱讀。

信紙下方畫有圖畫，有一隻正在打自己肚子的狸貓、一隻雞冠和尾巴很突出的公雞，還有一個身體圓潤的人偶娃娃。

不論是信還是畫都是用鉛筆完成的，而且不是成年人的字跡，森仔判斷這應該是小學生寫的。

也就是說，暗號人跟森仔一樣，也是個小學生。可是，他究竟為什麼要特意送來一封這麼奇怪的信呢？真讓人摸不着頭腦。

森仔想找些線索，所以仔細察看信封裏面，卻沒有任何發現。

寫這封信的小學生稱自己作暗號人，那麼他一定很擅長暗號吧？所以，他是想看看森仔能否解讀自己想出來的暗號吧。

森仔又把那封信從頭看了一遍。

信內寫着六月十日十時。

六月十日就是接下來的星期六，信上寫的，可能是星期六十時會有什麼事發生吧？

今天是星期一，還有五天就是星期六了。

六月十日之前，寫着「解公開木暗公號狸後木」。這到底是什麼意思呢？

倒轉來讀的話，是「木後狸

號公暗木開公解」，也是一樣不知所云。

可是，這當中一定隱藏着深意。暗號就是在不想其他人知道的情況下，用畫或記號來表達文字，像是海盜想記下寶藏的位置、間諜想將情報告知同伴的時候，都會用上暗號。

因為有秘密要傳遞，所以暗號才會出現，就算其他人看不明白也好，同伴一定會明白當中的意思，所以這封信當中，一定也有要傳遞的訊息。

說起來，一年級的暑假，森仔在鎮內的科學館做

過隱藏文字的實驗。

森仔當時用加了化學物質

的水，在紙上寫字，待紙張乾透後字就不見了。用火烘烤紙張，那些字就會浮現出來。難道這封信也有這些隱藏的文字嗎？

森仔想着，就拿起信紙去爐頭上烘烤，可是卻什麼都沒出現。森仔不死心，將信封也烘了烘，可是也一樣什麼都沒有出現。

解讀暗號

森仔失望地躺在沙發上。

這時，玄關的門被打開了，媽媽回來了。

「辛苦你看家了，森木。」媽媽從購物袋中把購買的物品逐樣拿了出來。

「哎呀，上面畫了好可愛的畫啊，我看看，有狸貓、公雞……還有人偶娃娃嗎？」

森仔忘了把信收起來，所以信就一直放在廚房的桌子上。

「啊！那是給我的信。」

森仔慌慌忙忙地從媽媽手上拿回信件，問媽媽：「這個人偶娃娃叫什麼名字？」

「它叫木芥子，是日本東北地區常見的人偶。」

「原來它的名字是木芥子嗎？」

「對，就是木．芥．子……」

媽媽一個字一個字的慢慢讀出來。

「狸貓、公雞、木芥子……」

森仔立即從褲袋裏掏出天藍色的毛巾手帕，放在鼻子上用力地吸氣，嗅着那種熟悉的氣味。

這條手帕本來是一條毛巾，森仔年幼時總愛咬着它。長大後，他請媽媽將毛巾改做成手帕，不論到哪裏都會把手帕放在口袋裏帶着。每次森仔一嗅到這條手帕的氣味，頭腦就會變得清晰起來，推理能力也會倍增。

森仔重複信上畫出的物件名字：「狸、貓、公、雞、木、芥、子。」

原來如此！

森仔立即取出紅筆，在信件上圈出一些字來。

「解公開木暗公號狸後木
六月十日十時
來狸木車公站木前木的公噴狸水公池狸」
只要拿走那三個圖畫名稱的第一個字
「狸」、「公」、「木」，信的內容就會變
成下面那樣了：
「解開暗號後
六月十日十時
來車站前的噴水池」

提到噴水池的話，青葉站前就有一個噴水池，所以，暗號人要森仔星期六十時到那個噴水池去。

第二天，森仔在課間把暗號人的信給他的朋友阿猛和美莎看。

「原來解讀暗號的關鍵是那些畫。不過，究竟暗號人是誰啊？」阿猛歪着脖子說。

「要我說，他會不會是壞人？說不定那個人是想把森仔叫到噴

水池然後拐帶他。」美莎邊說邊悄悄地探視着四周。

「怎麼會？要拐帶的話，應該約森仔晚上去才對，現在約定了上午十時，那個時候街上的人可多着啊。」阿猛這麼說着，並提議星期六要跟着一起去。

「我也去！」美莎立即跟着說道。

約定的時刻

青葉車站是個火車站，就在青葉小學對面，從森仔家步行過去，大概二十分鐘左右。車站另一側是一個廣場，噴水池就位於廣場中央。

星期六，森仔他們九時半已來到噴水池旁。廣場的四周有花圃，不少人就坐在花圃邊的長椅上，而噴水池那還有小朋友在玩水。

森仔他們沿着池邊慢慢走着，一邊觀察着四周。廣場的時鐘顯示現在是十時！

暗號人會從什麼地方冒出來呢？森仔他們再次注視着周圍的人羣，可卻沒發現一個可疑的人物走近。

在水池裏玩着的小孩也都年紀很小，而長椅上坐着的都是大人。

當中雖然也有些中學生姐姐，可是她們在起勁地聊天，完全沒有注意森仔他們。

十時十分、二十分……大鐘屏幕上的時間到十時三十分了。

「暗號人那混蛋，他不打算出現了吧！」阿猛低聲說。

「真奇怪，信上明明寫着十時的，日子也沒搞錯，是今天啊。」

「他是不是不認得森仔呀？」美莎思考了一會歪着脖子說。

這不可能吧？暗號人連森仔家的地址都知道，照理應該認得他的樣子啊。

森仔他們在車站廣場周圍四下尋找，一直到十一時，暗號人始終沒有出現。

吃過午飯後，森仔來到附近的兒童公園，一直玩到接近黃昏，回到家已經四時多了。

「森木，我剛才在郵箱裏發現這封信，是給你的吧？」媽媽遞過來一個長方形的信封。

信封上面寫着「給神探森仔」，封底寫着「暗號人」。

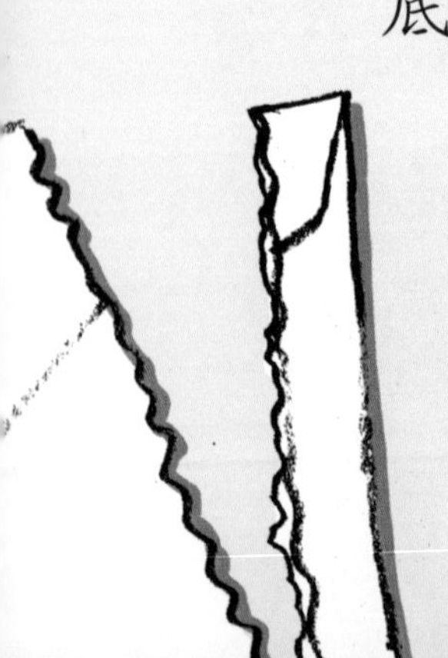

森仔立即拆開信封，裏面有摺成長方形的信紙。

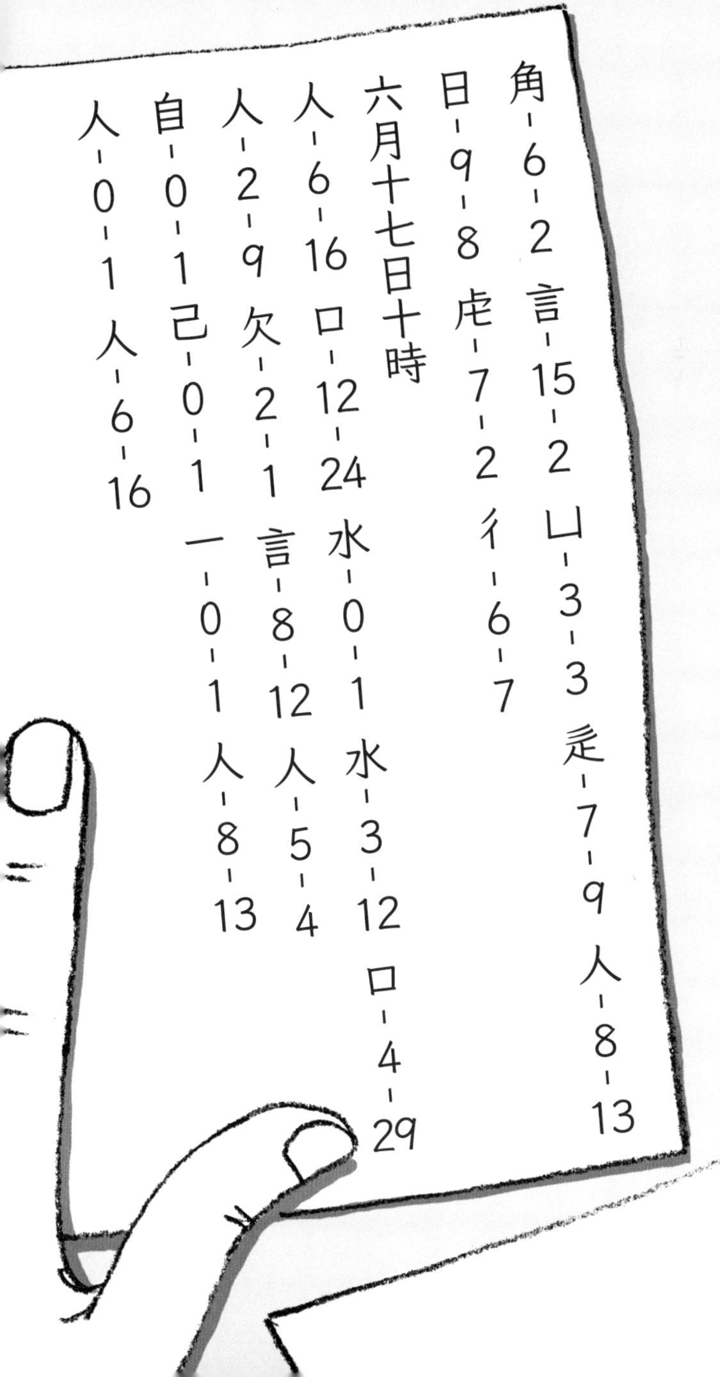

角-6-2 言-15-2 山-3-3 辵-7-9 人-8-13

日-9-8 虍-7-2 彳-6-7

六月十七日十時

人-6-16 口-12-24 水-0-1 水-3-12 口-4-29

人-2-9 欠-2-1 言-8-12 人-5-4

自-0-1 己-0-1 一-0-1 人-8-13

人-0-1 人-6-16

這也是一封暗號信吧？可是，暗號人到底在想什麼？一大早把人叫去噴水池，自己卻不出現，過一陣又再送暗號信來。難道他是用這封暗號信告訴森仔不能去噴水池的原因嗎？

森仔緊盯着信紙研究。信上寫有很多個中文字，除此之外，還有一些很奇怪的文字，每一個字後面都排列着一組數字，那些字是：

「角、言、人、辵、口、水、自、言、日、己、山」等等，而後面的數字由０至29不等。

森仔抱着胳膊，看着信紙上面的暗號思考着。這次的暗號又該用什麼方法破解呢？突然，他發現這些字有種似曾相識的感覺……

這難道是……森仔慌忙從袋子裏拿出天藍色的手帕，放在鼻子上用力地一嗅，然後再次思考起暗號。

那些文字看來是漢字的部首，第一組是「角-6-2」，打開字典查「角」部的6畫第二個是「解」字，然後「言-15-2」，是「讀」，「凵-3-3」是「出」……

森仔隨手拿起旁邊的廣告傳單逐一寫下解讀出來的文字：

解讀出這個暗號後
六月十七日十時
來噴水池吧
今次請你自己一個人來

暗號全部解讀出來了！

暗號人的真正身分

到了星期一，下雨了。根據天氣預報所説，森仔住的小鎮已經正式進入梅雨季節了。

一回到課室，森仔立即把星期六收到的信給阿猛和美莎看。

「又是暗號嗎？暗號人真的很喜歡暗號啊。」阿猛一副放棄解讀的樣子説。

「森仔，你解開這些暗號了嗎？」美莎也研究着信件説。

「嗯，我解開了。這一次只是把信中的文字和數字，用字典轉換成文字就可以了。」

「什麼？原來這麼簡單嗎？唔……這樣的話，用字典會查出『解』……『讀』……『出、這、個、暗、號、後』……」

「六月十七日十時，來噴水池吧……」阿猛邊翻字典邊繼續解讀下去。

「最後寫着『今次請你自己一個人來』啊。」

森仔看着二人，說：

「星期六那天，暗號人躲在不知道什麼地方看着我們，因為看到你們也在，所以就沒有出現。」

「原來如此。不過，他是在哪裏看着我們的？」

阿猛歪着頭思考着。

美莎說：「說不定就在我們身旁，因為我們都不知道他的真正身分。」

對啊，暗號人其實是什麼人呢？

阿猛突然向附近的翔吾問道：「翔吾，你有聽過暗號人嗎？」

「暗號人……？那是什麼東西？」翔吾回頭答道。

「就是很喜歡解讀暗號和創作暗號的人啊。」

「哦，暗號？就是常出現在推理和間諜小說裏的那種吧。」

「嗯，算是那些吧。」

「我認識一個人，他很喜歡推理小說，不過我不知道他喜不喜歡暗號。」

「我們班有這樣的人嗎？」

「是三年級的哥哥。」

「他叫什麼名字？」

「木谷誠，是三年一班的，他家在

我家附近，所以我們關係不錯。」

「我記得你家住在青木車站附近，那位叫木谷的三年級學生也住在車站附近嗎？」

「車站廣場旁邊，有一幢青葉大廈，他就住在大廈八樓。木谷哥哥的房間有很多推理小說和偵探漫畫。」

青葉大廈是一幢八層高的超高級住宅，所以森仔也知道那幢大廈。

如果在青葉大廈八樓的話，應該可以看清楚整個廣場，再用上望遠鏡的話，就可以看清楚每個人的樣子，不需要特意走到噴水池邊。

這時候，美莎突然喊了出來。

「那個人我也知道啊！是木谷夢子的哥哥啊。」

「木谷夢子就是我們年級二班那個女孩吧？咦？原來她有哥哥的嗎？」阿猛大吃一

驚地説。

「對啊。其實她的哥哥本來應該讀四年級的，但因為幼稚園的時候生了重病，所以遲了一年才入學。」

「美莎，你知道得真清楚。」翔吾很佩服地説。

「因為我跟夢子在同一個音樂中心上課，我們經常在一起玩，我也去過青葉大廈找她玩，夢子也來過我家玩啊。」美莎抬頭望着天花板回憶道。

「這麼説來，好像之前夢子有問過我森仔家的地址。對了對了，是五月底的時

候啊。她問我知道我們班有個人叫『神探森仔』嗎？我自豪地回答她那是我的好朋友啊，我有跟他一起解決過各種事件。然後她就問我知不知道你家在哪裏。」

「她為什麼想知道我家地址？」

「她說因為班上的人都大讚森仔，所以她就對你有興趣了。」

這是很重要的情報，不過，真

正對森仔家有興趣的，不是妹妹夢子，而是她的哥哥吧。應該是她哥哥阿誠拜托妹妹暗地裏打探森仔家的地址的。

看來，暗號人的身分已經搞清楚了。

「翔吾，拜托你，你可以跟我一起到三年一班的課室，偷偷指出誰是木谷哥哥嗎？」森仔拜托翔吾說。

翔吾邊回答着好，邊站起來。

三年一班的課室跟二年級的一樣，位於二樓。

ROCK CAFE
41
Let's
Begin

因為今天下雨，所以學生都沒有到操場玩，而是在課室和走廊上玩。

翔吾在三年一班的窗口向裏面偷看，然後指着最後面的座位。

窗邊最後一個座位上，坐着一個瘦削的男生，他正在專心地看着書。因為他是低着頭的，所以看不清他的長相。這時候，一個女生突然走到他旁邊叫他，他終於抬起頭來。他的皮膚很白，看起來很虛弱的樣子。而叫他的女生，是森仔也認識的晴心姐姐。

森仔悄悄地轉向後面，看見阿猛和美莎都默默地點頭。是想表示他們都認得木谷誠的樣子吧？

森仔輕輕拍了一下翔吾的肩膀。

「怎麼了？看完了嗎？」翔吾大聲地說，嚇得森仔他們慌張地逃離窗子。

晴心姐姐的話

暗號人的真正身分看來就是木谷誠無疑。可是，還有一些事情沒搞清楚，究竟他是從什麼人口中得知有森仔這個人的呢？還有他為何寄暗號信給森仔呢？所以，還是要再調查一下阿誠才行。

「我看啊，去問晴心姐姐有關木谷哥哥的事情，不就更加清楚了嗎？」回到課室，美莎提議說。

「好！待會下課後，我們就一起去晴心姐姐家，問清楚木谷哥哥的事情吧！」森仔還沒開口，阿猛已

搶先說道。

晴心是住在森仔家附近的一位三年級學生，之前她被流浪狗纏住，向森仔求助，森仔他們幫她解決了問題，最後還幫助流浪狗找回了主人*。

晴心姐姐住在臨街的大廈

*想知道關於流浪狗的故事，請看《學生神探森仔——：名偵探在身邊》。

裏。

森仔他們算準三年級下課的時間，來到晴心姐姐家。

「你們三個怎麼一起來了？是發生什麼事了嗎？」晴心很驚訝地看着森仔他們說。

「其實啊，有人給森仔送來了暗號信，我們猜測那個人是木谷誠啊。」阿猛代森仔說明事情的經過。

「木谷誠？是我班裏那個嗎？」

「對，就是他。他有用過暗號人來做他的代號嗎？」這時候，森仔提出了問題。

「暗號人？我沒聽過啊，不過，我倒是知道木谷同學很喜歡看推理小說。他因為身體不好，所以小息也不會去外面玩，只在課室裏看書，而且看的都是大人的推理小說。」

「聽說他好像因為得過一場大病，所以遲了一年入學。」

「是嗎？不過，他除了體育之外，其他科目都很優秀。他是個很安靜的人，所以也沒什麼朋友，總是一個人看書。」

「我跟他妹妹夢子是好朋友，所以去他家玩過很多次。」

「是嗎？我有聽說過他有個二年級的妹妹，不過我不知道是誰。」

「晴心姐姐，你跟木谷哥哥是朋友嗎？」

聽到森仔的提問，晴心想了一下，搖搖頭說：

「剛剛我也說過，他不大跟同學們說話。對了，這麼一說，他好像之前曾少有地主動跟我說話了。對了對了！就是我們找到露娜那隻狗狗的時候，我和露娜在課室裏跟大家說到千郎的事情，說一個二年級的男生竟然可以推理出流浪狗的前主人是露娜，說着說着，又說到他幫助未來尋找洋娃娃的事情，我們還說大家都稱呼那個男生『神探森仔』。

後來，木谷同學特意走過來找我，問我那男生叫什麼名字。我問他為什麼這樣問，他說因為大家都是推理迷，所以很好奇。我就說，雖然他只是二年級的學生，但他除了有推理能力外，還有調查能力，比起只看推理書的木谷同學，森仔的能力可能比他還強。」

晴心說着就咧嘴笑起來。

暗號人的真正身分，看來就是木谷誠了，現在大家終於明白他為什麼會給森仔送來暗號信。原來都是

因為晴心不斷讚揚森仔，讓他想挑戰一下森仔。

「因為又送來了第二封信，所以星期六你會再去噴水池那裏吧？」在回家的路上，阿猛探究着森仔的表情說。

「當然會去，不過啊，我今次會自己一個人去。」

「哎呀，我們不可以跟着去

嗎？」美莎鼓起臉，生氣地說道。

「因為信上寫着叫我一個人去嘛。」

「真沒意思，難得你跟暗號人對決！」

「不過啊，我也會寫一封暗號信，送去給暗號人，這是我給他的挑戰。」

「這個主意好啊！如果那傢伙解不開的話，他就徹底輸了。森仔，你加油，給他出一個超級難的暗號吧！」

回到家，森仔坐在飯廳的桌前，抱着胳膊思考。要寫一封暗號信給暗號人這個主意，是森仔在回家的路上想到的。事實上，森仔從來沒有寫過暗號，而且，該寫什麼給他好呢？

回覆他星期六送來的那封信好嗎？

那麼內容就該像這樣：六月十七日十時，我會一個人到噴水池來，你也一定要出現。

這樣回覆的話，這封信最晚就要在星期五交給暗號人，但這應該不是問題吧？反正已經知道了木谷的家在哪裏，也可以請他的妹妹轉交。那麼，暗號就要在星期五上學之前寫好。

所謂的暗號，關鍵之處在於其他人看不明白，但當事人會看得懂。只要掌握了那個關鍵，就能立即解

讀暗號內容。可是，什麼東西可以成為那樣的關鍵呢？

森仔回想暗號人給他的暗號信，第一封信下面畫的畫成為了解讀暗號的關鍵，第二封信需要用到的字典是解讀的關鍵，只要將信內的字和數字用字典轉換成文字，就可以看得懂。

將數字轉換成文字……

這個時候，森仔想起在春假時曾看過的偵探漫畫。漫畫中的壞蛋取用某本書中的文字，並將那些文字轉換成數字，然後將信送給同伴。當然對方也要有相同的書，並且通知對方要使用這本書。

森仔想着或許可以利用這個方法，不過，如果對方沒有同一本書的話，那就不管用了。

自己和暗號人都有的書……

就算知道暗號人是推理小説迷，也不知道他平時是在看什麼書，而且還需要森仔也有同樣的書才行。森仔剛剛一回到家就把書包放下了，趕去晴心姐姐家，所以他的書包沒有放好，一直被丟在書桌上。

書包，等一下……

森仔慌忙從袋子裏拿出天藍色的手帕，放在鼻子上用力一吸，那熟悉的氣味在鼻腔中擴散着，令他的頭腦清晰起來。

森仔和暗號人都有的書，不就是教科書嗎？雖然

木谷誠是三年級的學生，用的課本跟森仔的不同，但是，他的妹妹是二年級的學生，所以家中也可以找到二年級的課本。

森仔的暗號

森仔從書包裏拿出中文科課本，書的封面上寫着「中國語文二上」，側邊寫着「蜻蜓出版社」。用這本書，應該就可以寫出暗號來。

首先得先想好暗號的內容，所以森仔在廚房拿了一些宣傳單張，用空白的背面來寫暗號。

「我解開暗號了，今個星期六的十時，我會在噴水池旁邊等你，請你一定要出現。」

信的內容這樣應該行了吧？

接下來，就要翻翻教科書找出合用的文字了。

首先要找出「我」字，在第四頁一篇題目為「蜂斗菜」的故事裏，題目的下一行，寫着「今天我送了羊羹給朋友。」，第三個字，就是「我」了。

森仔就將「我」字，寫成「4-2-3」。

接着是「解」字，同一頁雖然也有「解」字，但還是用另一頁的比較好吧。

森仔翻着課本，到第十二頁的時候發現第二行第二個字是「解」，就寫下「12-2-2」。

森仔就這樣在教科書中一個一個字的挑選着，

不過，這也是蠻花時間的事情，到他找到最後一個「現」字時，已經六時了。

最後，暗號看起來就像這樣子：

4-2-3　12-2-2　16-5-8　20-1-6

21-8-1　26-13-10

30-5-7　35-10-9　40-9-8　26-13-10

30-5-7　35-10-9　40-9-8　41-2-3

72	67	63	59	42
1	2	5	1	4
2	1	1	8	5
73	68	65	60	45
5	6	9	8	3
6	2	6	7	11
74	69		61	48
6	7		3	10
2	4		12	6
	70		62	51
	5		4	5
	3		6	10

吃過晚飯後，森仔用白紙重新把暗號抄寫下來，在最後寫上「蜻蜓」兩個字。

將信放入信封後，森仔用鉛筆在信封正面寫上「暗號人先生收」，封底寫上「神探森仔上」。

第二天早上，森仔在上學途中拜托美莎：「我想找二班的木谷夢子，你可以一起來嗎？」

「好啊，不過你有什麼事情要找她？」

「其實，我想請她將這封信交給她哥哥。」

美莎看着森仔拿出來的信，用力地點頭說：「這就是你給暗號人的挑戰信吧？裏面也是用暗號寫成的嗎？」

「對啊，我也試着用暗號寫寫看。」

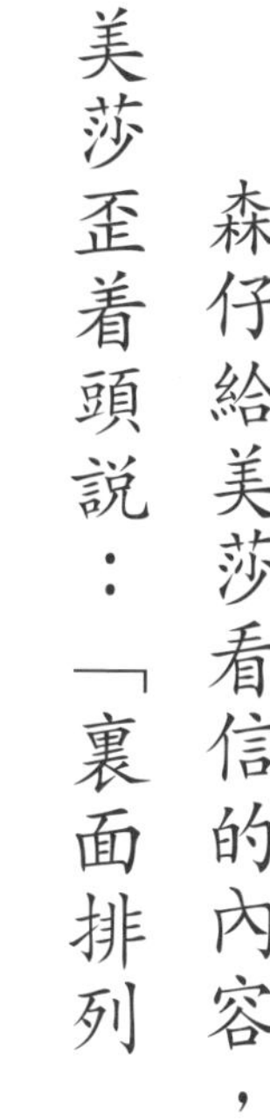

森仔給美莎看信的內容，美莎歪着頭說：「裏面排列

着的都是數字嗎？」

「這麼難的暗號，暗號人解讀得到嗎？」阿猛突然從旁邊伸頭過來。

「我覺得他可以啊，我有寫下提示的。」森仔一邊把信摺好放回信封一邊說。

來到二年二班的課室，他們發現木谷夢子已經坐在課室內了。美莎一喊她，她就立即來到走廊。

「他是井上森木，我們都叫他

神探森仔。」美莎向夢子介紹森仔說。

「我認識你，你解決過很多事件吧？哥哥也說過你的事情。」

「那你可以幫我把這封信交給你的哥哥嗎？」

信送到夢子手上，她立刻「啊」地喊了一聲。

「你竟然知道哥哥就是暗號人！這個外號是他自己起的，是個秘密的名字，沒有任何人知道的啊。」

孩子偵探團成立！

六月十七日，星期六，很不巧，早上就開始下雨。

森仔九時半已來到車站廣場的噴水池，這一次，他是自己一個人來的。

可能因為下雨的關係，噴水池四周一個人也沒有。

十時到了，一個撐着傘的瘦削男孩走進廣

場，直接向着森仔走來。

「看來你解開暗號了。」男孩對森仔説。

「嗯，你是用字典來設計暗號的吧，木谷哥哥想得真周全。」森仔的話讓男孩目瞪口呆。

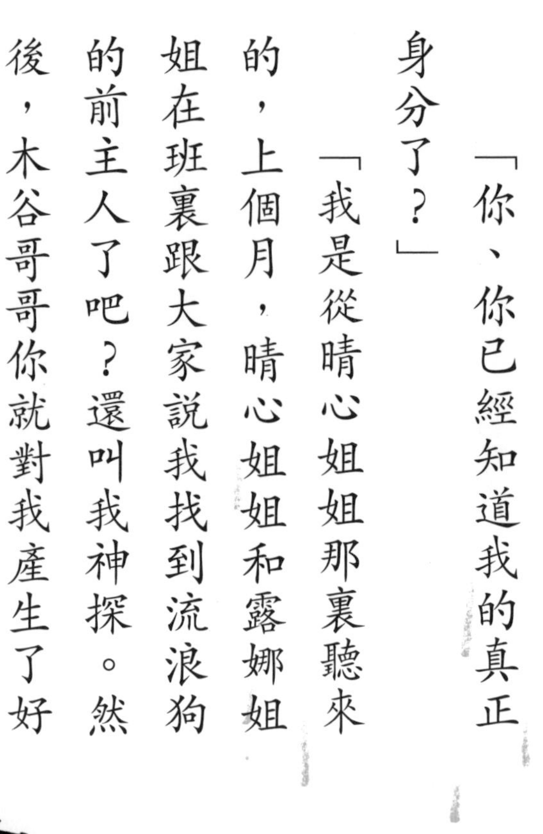

「你、你已經知道我的真正身分了？」

「我是從晴心姐姐那裏聽來的，上個月，晴心姐姐和露娜姐姐在班裏跟大家說我找到流浪狗的前主人了吧？還叫我神探。然後，木谷哥哥你就對我產生了好

奇，向妹妹夢子打聽了很多關於我的事情吧？還查出了我住在哪裏。你是想確認一下，我的推理能力到達什麼程度了吧？」

阿誠默默地聽着森仔的話，最後像放鬆下來似的呼了口氣。

「你已經調查得這麼仔細了呀，不愧是神探森仔。我想出來

的暗號你也輕鬆就解讀出來了。不過，我也解開了你的暗號。是將數字用二年級的中文課本轉換成第幾頁第幾行第幾個字。一開始我也不知道是什麼意思，但看到最後寫着『蜻蜓』，就在想會不會是課本呢，就翻開來試試看。我二年級的時候，也是讀這一本教科書的啊。不過，這真是個要花很多時間來設計的暗號啊，需要每個字逐頁的去翻找，才能找出所有文字，你寫暗號的時候也很不容易吧。」——

阿誠輕輕一笑，隨即又說起來：「我也是個推理迷，所以我為自己取了暗號人這個外號，不過沒有人知道。以後如果有什麼事件發生，神探森仔可以和暗號人一起合作解決嗎？

不過，因為我身體不好，所以要去追蹤或抓犯人這類需要消耗體力的行動，我可不在行，但是我可以幫忙解謎。」

森仔想了一下：原來阿誠已經

調查清楚自己的事情了，看來他也有很好的推理能力，可是……

「平日如果遇上什麼事情，我的朋友都會幫忙的，所以如果有事件發生，他們也會和我一起調查，你不介意嗎？」

這次輪到阿誠考慮了，不過，他立即就微笑起來說：「我明白了，那麼就組成孩子偵探團吧！」

「太好了，那我介紹我的同伴給你認識吧。」

森仔向着車站方向大力地揮舞雨傘。原來，森仔請阿猛和美莎在車站內等他。

如果有什麼事情的話，森仔就會揮舞雨傘作訊號，他們就會立刻跑到噴水池這裏。

森仔他們微笑着，看着那一黑一粉的雨傘向着廣場跑來。

後記

大家覺得《暗號人的加密信》好看嗎？

所謂的暗號，內裏藏有一個解讀的規則，只要運用這個規則，就可以順利解讀內容，所以找出這個規則是最重要的。各位也在森仔解釋之前，試着自己解讀看看吧。

暗號人寫的信，和森仔回覆的暗號都要用特定的書才可以解讀，所以如果沒有那本書就解讀不了了。

其實森仔用的那本書，是我本人參考二十年前出版的二年級教科書而創作出來的，所以並非現在學校正在使用的教科書，也不是任何學校自己製作的課本。不過，這是一個可行的寫暗號的方法，學會這個方法，就可以跟朋友們一起寫暗號信了，大家也一起試試吧！

這一次，森仔查出了暗號人的真正身分，認識了厲害的新同伴。下一次，他們會以一張神秘地圖作為線索，解決新的事件。

敬請期待下一期的《學生神探森仔》吧！

那須正幹

二〇二〇年十二月

作者簡介

那須 正幹

出生於廣島縣，創作過暢銷兒童書《犀利三人組》系列全 50 冊（日本兒童文學者協會獎特別獎 / POPLAR 社）等超過二百本書籍。主要作品有《看圖讀廣島原爆》（產經兒童出版文化獎 / 福音館書店）、《犀利三人組之 BACK TO THE FUTURE》（野間兒童文藝獎 / POPLAR 社）等，並獲 JXTG 兒童文化獎、巖谷小波文藝獎等多個獎項。

繪者簡介

秦 好史郎

出生於兵庫縣，活躍於不同範疇。除繪本外，還參與插圖、書籍設計等不同類型的工作。繪本作品有《阿熊與阿仁的學習繪本》系列（POPLAR 社）、《爸爸，再來一次》系列（ALICE 館）、《夏季的一天》（偕成社）、《去抓蟲子吧！》（HOLP 出版）、《星期天的森林》（HAPPY OWL 社）、《大雨嘩啦嘩啦》（作：大成由子 / 講談社）等等。

學生神探森仔②
暗號人的加密信

作　　者：那須 正幹
繪　　者：秦 好史郎
翻　　譯：HN
責任編輯：張斐然
美術設計：張思婷
出　　版：新雅文化事業有限公司
香港英皇道 499 號北角工業大廈 18 樓
電話：(852) 2138 7998
傳真：(852) 2597 4003
網址：http://www.sunya.com.hk
電郵：marketing@sunya.com.hk
發　　行：香港聯合書刊物流有限公司
香港荃灣德士古道 220-248 號荃灣工業中心 16 樓
電話：(852) 2150 2100
傳真：(852) 2407 3062
電郵：info@suplogistics.com.hk
印　　刷：中華商務彩色印刷有限公司
香港新界大埔汀麗路 36 號
版　　次：二〇二二年三月初版

ISBN: 978-962-08-7943-2
Meitantei Sam-kun to Angôman

First published in Japan in 2020 by DOSHINSHA Publishing Co., Ltd., Tokyo
Traditional Chinese translation rights arranged with DOSHINSHA Publishing Co., Ltd.
through Japan Foreign-Rights Centre/Bardon-Chinese Media Agency

18/F, North Point Industrial Building, 499 King's Road, Hong Kong
Published in Hong Kong, China
Printed in China